ANIMAUX SAVANTS

4e SÉRIE IN-18.

LES ANIMAUX SAVANTS.

Jocko était en livrée, placé derrière son
maître. (P. 8.)

LES
ANIMAUX SAVANTS

PAR

CHARLES DELATTRE

LIMOGES

EUGÈNE ARDANT ET Cⁱᵒ,

ÉDITEURS.

LES
ANIMAUX SAVANTS

Le Jocko de Buffon.

Aucun animal ne se rapproche plus de l'homme par les formes que le singe, et surtout les grands singes appelés Pongos, qui habitent les forêts de la Guinée en Afrique et les grands bois des îles de Sumatra et de Bornéo.

Le jocko de Buffon était un singe de cette espèce, provenant d'Afrique. Il servait son maître aussi bien qu'un domestique ; il s'habillait, mangeait à table, fai-

sait usage adroitement de la four-
chette et du couteau.

Quelqu'un raconte l'avoir vu
chez M. de Buffon dans un grand
dîner qu'il donnait à ses amis.

Le jocko était en livrée, placé
derrière son maître, faisant l'office
d'un domestique et le servant à
table. Les mouvements du jocko,
ses yeux animés, ses gestes analo-
gues à l'emploi qu'il remplissait,
égayèrent beaucoup la compagnie
qui ne pouvait comprendre l'intelligence de cet animal, qui allait
jusqu'à prévoir le moment où il
fallait changer l'assiette de M. de
Buffon, lui en donner une nouvelle, ou lui verser à boire.

Un autre, également jeune, conduit en Hollande et donné au
prince d'Orange, était de la gran-

deur d'un enfant de trois ans, marchait debout, portait les fardeaux les plus lourds, buvait dans un verre, couchait dans un lit et s'y couvrait avec tant d'adresse qu'on l'eût pris pour une créature humaine.

Le Pongo de l'impératrice Joséphine.

Le savant Frédéric Cuvier, frère de notre immortel naturaliste Cuvier, observa, dans la ménagerie du château de la Malmaison, une jeune femelle de pongo appartenant à l'impératrice Joséphine. D'après son récit, cet animal, quoique malade, donnait des signes d'un instinct voisin de l'intelligence; comme le jocko de Buffon, il aimait à être vêtu, il

couchait dans un lit qu'il faisait
chaque jour avec le plus grand
soin. Sa douceur était extrême, il
recherchait les caresses et en ren-
dait de très affectueuses. Ce pongo
se nourrissait de tous nos ali-
ments, mais il montrait une prédilection décidée pour le lait, le café,
le thé, les oranges et les confi-
tures. Ennuyé des visites sans
nombre qu'il recevait, le charmant
animal se cachait souvent sous sa
couverture; cependant il n'en agis-
sait jamais ainsi avec les per-
sonnes qu'il affectionnait. On lui
donna un jeune chat dont les jeux
l'amusaient beaucoup; le minet
faisait ordinairement patte de ve-
lours; mais un jour, impatienté, il
se servit de la griffe, le pongo,
étonné, prit gravement Romina-

grobis, examina ses pattes, et, ayant découvert les ongles acérés, cachés parmi les poils, il essaya, malgré les miaulements et les jurements de son camarade, à lui arracher ces épingles incommodes.

Le Singe matelot.

M. John Jefferies rapporte qu'un pongo de l'île de Bornéo fut embarqué à Batavia sur le navire l'*Octavie*, pour être conduit en Europe ; c'était aussi un jeune individu. Les marins le nommèrent Georges, et il se rendit tellement utile, qu'on finit par lui confier comme à un mousse plusieurs parties du service du bord : ainsi, tous les matins, il lavait le pont, puis il brossait les habits des officiers, cirait leurs bottes ; à table, il servait le café. La nourriture de prédilection de Georges était du riz, des fruits ; ses boissons, du vin blanc, du thé et du café. Le pauvre animal tomba malade et mourut pendant la traversée.

Les pongos, quoique marchant debout comme l'homme, n'ont pas dans les proportions de leur corps l'harmonie qui fait la beauté du nôtre ; leurs bras sont démesurément longs, et les mains atteignent les chevilles des pieds.

Les Ours.

Il y a plusieurs espèces d'ours, mammifères demi – carnassiers, demi-frugivores. Les principales sont : l'ours brun d'Europe, l'ours noir d'Amérique, l'ours blanc des terres polaires, et l'ours jongleur de l'Inde.

L'ours brun habite toutes les hautes montagnes de l'Europe, et surtout les Alpes; car les ours des Pyrénées, de Norwége et de Sibérie sont, d'après Frédéric Cuvier, autant d'espèces distinctes. C'est l'ours brun qui est l'amusement du peuple de Paris, au jardin du Muséum d'histoire naturelle. Cet animal tire son nom de la couleur de sa fourrure. Jeune, il est entièrement frugivore; ce n'est qu'à trois ans qu'il devient carnassier : cependant, on peut à tout âge le nourrir de pain et de fruits. Plusieurs de ces animaux, à la ménagerie, ont vécu longtemps, ne rece-

vant chaque jour que des carottes
et six livres de pain.

L'ours, dans ses montagnes,
n'attaque jamais l'homme le premier ; mais, s'il est provoqué, il
se dresse debout, frappe à coups
de poings et cherche à saisir son
ennemi pour l'étouffer en le serrant
entre ses bras. La chasse de ce
mammifère est donc très dange-
reuse, et il n'est pas prudent de
l'entreprendre sans être armé d'un
fusil à deux coups garni d'une
baïonnette, quoiqu'il y ait des
hommes assez intrépides pour at-
taquer l'ours avec une simple pique
et un poignard. Comme les ours
sont très friands de miel, on les
prend quelquefois en arrosant
d'eau-de-vie cette substance ; l'animal enivré devient d'une gaîté

folle, se tient debout, saute, et fait mille contorsions grotesques, puis s'endort. C'est alors qu'on l'enchaîne, qu'on le muselle, et qu'on le dompte en lui passant un anneau de fer dans les narines. Très jeune, l'ours brun s'apprivoise, apprend à danser, à gambader, à marcher debout en s'appuyant sur un bâton. En province, on voit souvent des montagnards des Alpes qui montrent des ours apprivoisés.

Dans ses montagnes, l'ours ne sort que pendant la belle saison; il cherche alors les racines, les fruits, surtout les raisins, les fruits du sorbier. Il déterre les ruches d'abeilles sauvages, et, quand la faim le presse, dérobe des moutons, étrangle des chevaux et

même des taureaux. Il se rend
maître de ces grands animaux en
sautant sur leur dos et en se cram-
ponnant des ongles et des dents
sur leur cou. La démarche de
l'ours est lente et pesante; il ne
peut courir vite, ni sauter, mais il
monte aux arbres avec facilité. Dès
que l'automne avance et que les
premières neiges tombent dans les
montagnes, l'ours se cherche un
abri pour s'y engourdir pendant
l'hiver; s'il ne trouve ni grotte, ni
fente de rocher à sa convenance,
il se bâtit une hutte de brancha-
ges, la recouvre d'herbes, de feuil-
les, de mousse, et la rend imper-
méable à l'air et à la pluie; là, il
se retire seul pour attendre, dans
un engourdissement profond, la
venue d'un nouveau printemps.

La nourriture abondante que reçoivent les ours de nos ménageries fait qu'ils ne s'engourdissent jamais.

L'ours noir vit dans les forêts de l'Amérique du nord ; son espèce est très nombreuse, quoiqu'on lui fasse une guerre terrible pour s'emparer de sa peau dont on fabrique les bonnets à poils des militaires, des couvertures de chevaux, et des tapis. Il est moins carnassier que l'ours brun ; les racines, les fruits et le miel lui servent de nourriture habituelle : c'est dans le tronc creux des arbres qu'il passe l'hiver.

L'ours blanc polaire est une des plus grandes espèces d'ours et des plus terribles. Les pêcheurs de baleines, les marins, que des naufrages ont jetés sur les terres glacées des pôles, font des récits effrayants sur la voracité de ce monstre. Lorsque la faim le presse, il ne redoute aucun danger; il attaque le premier, brave les armes à feu, les blessures, fuit rarement, revient opiniâtrement à la charge : on ne peut s'en débarrasser qu'en lui donnant la mort.

La chaloupe d'un bâtiment pris dans les glaces de l'Océan arctique était en mer, montée par des matelots qui travaillaient à frayer une route au navire, en brisant l'obstacle qui l'enchaînait; survient un ours blanc d'une grosseur remarquable, l'œil en feu, la gueule béante; il se jette sur la chaloupe, saisit un des malheureux marins et l'entraîne. Pour l'arracher à son terrible ravisseur, les matelots tirent avec précaution sur l'ours et le blessent; aussitôt il dépose sa victime sur la glace, nage vers la chaloupe, l'aborde, pose une de ses pattes sur le plat-bord pour s'élancer dans l'intérieur : un coup de hache abat la griffe menaçante. L'ours replace l'autre : elle est tranchée aussitôt. Sans paraître s'occuper de la douleur de ses blessures l'animal furieux saisit le plat-bord avec ses dents, et ne lâche prise que lorsqu'il tombe sans vie, la tête brisée par le tranchant du fer. Le marin fut sauvé.

L'ours blanc polaire s'engourdit pendant le long hiver des régions glaciales qu'il habite. Il se contente de trouver pour sa retraite une cavité dans un roc et quelquefois même une simple fente dans la glace, où d'énormes quantités de neige l'ensevelissent sans qu'il soit asphyxié. Pendant la belle saison, il erre sur les côtes, traverse les glaces, se repaît de phoques, de morses et de cadavres des baleines. On prétend avoir vu des ours blancs longs de treize pieds.

L'ours jongleur indien, s'il appartient au même genre d'animaux que l'ours polaire, en diffère beaucoup par la douceur de ses mœurs. Il est petit, ramassé, couvert de longs poils noirs, excepté sur la poitrine où l'on voit une tache blanche en forme de V. La lèvre inférieure de cet animal est longue et dépasse la supérieure; de là, le nom d'ours aux longues lèvres qu'on lui donne encore. Cet ani-

LES ANIMAUX SAVANTS.

Allons, Martin! monte à l'arbre. (P. 23.)

mal est originaire des montagnes du Bengale; il ne se nourrit que de fruits et de racines; sa douceur et son intelligence font qu'on l'élève comme un chien dans les maisons. Les saltimbanques indiens le dressent à faire différents tours plaisants. On voit un de ces ours à la ménagerie du Muséum d'histoire naturelle de Paris. Il se plaît à sauter dans sa cage et à exécuter de risibles culbutes.

Tout le monde connaît *l'ours Martin?* Combien de fois n'ai-je pas vu, au jardin des Plantes, cet animal, qu'un grand nombre d'ouvriers et d'enfants entouraient, faire l'admiration de nos élèves! « Allons, Martin! lui criait-on, monte à l'arbre! » Et Martin l'ours, grimpait le long d'un grand

tronc d'arbre dépouillé d'écorce,
pour le plaisir de ceux qui lui
jetaient quelques bribes de pain ou
de gâteau pour le régaler.

On remarque beaucoup de ces
animaux en province, parcourant
les villes et les villages : ils sont le
gagne-pain de leur maître.

Lord Byron, étudiant au collége
d'Oxford, avait avec lui un ours
apprivoisé qu'il laissa à sa place
en quittant l'université.

Les Chiens.

Dans la famille des chiens, les
naturalistes rangent les loups et
les renards. Les loups et les chiens,
proprement dits, se ressemblent
tellement, qu'il est difficile d'éta-
blir des caractères pour les distin-

guer ; ils ont dans l'état de nature absolument les mêmes mœurs, de sorte qu'il est impossible de ne pas admettre que les chiens domestiques proviennent du loup.

L'instinct naturel à ces animaux les porte à vivre en société ; à s'entr'aider pour chasser leur proie. Les loups, comme les chiens, se réunissent en meutes nombreuses afin de poursuivre les animaux dont ils font leur nourriture ; ainsi on ne parvient à conduire à la chasse des meutes de chiens, que parce qu'il est dans la nature de ces animaux d'en agir ainsi : l'homme n'a fait que tirer parti de cette disposition naturelle. Le loup s'apprivoise facilement, s'attache à son maître, le sert avec autant de fidélité, que le chien né dans nos maisons. Il existe encore à la ménagerie du Muséum de Paris, deux loups qui ont donné l'exemple d'un attachement pour leur maître aussi vif et aussi persévérant que jamais chien ait pu le ressentir. L'un d'eux, qui n'avait pas vu son maître depuis quelques années, le reconnut, l'accabla de caresses, et refusa, pendant plusieurs jours, de manger, après qu'il l'eut quitté de nouveau. Une jeune louve, prise au piége, est devenue si douce et si familière, qu'elle jouit d'une entière liberté; les caresses du premier venu lui sont si sensibles, qu'elle se pâme de joie en les recevant. Une autre louve, prise vers l'âge de cinq ans, est également familière; elle vit avec des chiens et aboie comme eux.

Le chacal d'Afrique et celui l'Asie sont deux espèces de chiens qui vivent en troupe et s'apprivoisent très vite lorsqu'on les tient en captivité.

L'Amérique du sud nourrit, dans ses vastes solitudes, de nombreuses troupes de chiens domestiques redevenus sauvages. Chaque troupe obéit à un chef, qui la conduit à la chasse et au combat; l'attaque comme la poursuite ou la retraite sont exécutées avec une tactique et un ensemble admirables. Parlerai-je de l'instinct que montrent nos chiens domestiques, de leur attachement pour la personne qui les élève et les nourrit? On a tant écrit sur ce sujet, qu'il est usé, tombé dans les lieux communs de la narration, et qu'on ne

saurait rien dire de neuf en le trai-
tant. Tout le monde sait que le
chien est un ami aussi fidèle que
patient; les mauvais traitements
que son maître lui inflige ne le
rebutent jamais; il pardonne et
vient lécher la main qui l'a châtié,
même sans raison.

L'odorat du chien est celui de
ses sens qui possède le plus de
perfection : pour lui, tous les corps
sont odorants. Le chien suit à la
piste le gibier en respirant l'odeur
des émanations qu'il a répandues
sur le sol; aussi le nez de cet animal est long, vaste intérieurement;
il forme une foule de replis sinueux,
c'est à l'amplitude de ses narines
qu'il doit et l'étendue de son museau et la saillie de son front.
Voici, entre mille autres, un exem-

ple remarquable de la perfection de l'odorat du chien.

Le chien du sauvage Wahini.

Un colon américain s'était porté avec sa famille sur la frontière de la Floride, pour défricher et former une plantation. Il choisit une clairière à l'entrée d'une forêt vierge, où il établit sa demeure. Les arbres lui servirent à construire une habitation qu'il entoura de fortes palissades, et une partie de la forêt, à laquelle il mit le feu, fut par ses efforts transformée en fertiles cultures. Dans ces contrées lointaines et solitaires, la vie de l'Européen prend une teinte de celle du sauvage: la chasse occupe tous les instants que le tra-

vail ne réclame pas impérieuse-
ment; et la chasse, au milieu des
forêts et des savanes de l'Amérique, c'est la guerre, c'est une
lutte perpétuelle avec le jaguar et
plusieurs autres animaux féroces
du genre chat, qui se rapprochent
du tigre par la force et les formes.
On habitue dès le jeune âge les
enfants à combattre et vaincre
de si redoutables ennemis. Notre
colon emmena donc un jour, dans
une de ses excursions dangereuses, son jeune fils âgé de cinq
ans. Emporté à la poursuite d'un
cerf, il laissa l'enfant en arrière,
comptant le rejoindre après avoir
tiré sur l'animal, mais l'enfant
s'égara en cherchant des fleurs.
Les cris d'appel du colon, le bruit
des décharges réitérées de son

irme, ne parvinrent pas jusqu'au pauvre petit égaré, qui s'enfonça dans la forêt et ne put retrouver sa route. Le père rentra atterré; il croyait son fils mort, victime de la rapacité de quelque bête féroce. Je ne chercherai point à dépeindre le désespoir de l'infortunée mère; il était au-dessus de toute description; cependant elle ne perdit pas entièrement l'espoir. Appelant les ouvriers et les domestiques, elle se mit à leur tête et passa la nuit à battre la forêt : ce fut en vain. L'enfant fatigué, après une marche de plusieurs heures, s'endormit dans un hallier formé par des lianes entrelacées. Le lendemain il s'éloigna encore; puis, épuisé de faim et de fatigue, il tomba comme anéanti. Deux jours s'é—

taient passés en inutiles recherches
de la part de la famille; le colon
et ses gens venaient de rentrer,
persuadés que toute perquisition
serait désormais inutile, lorsqu'un
sauvage, qui, plusieurs fois avait
reçu l'hospitalité dans la plantation,
se présenta, suivi d'un grand chien
de Terre-Neuve, son fidèle compagnon. « Salut à mon frère blanc »,
dit-il en entrant... Il s'arrêta en
voyant l'expression de tristesse
profonde peinte sur tous les visa-
ges. Prenant une expression solen-
nelle, il saisit la main du colon.
« Si mon frère blanc a éprouvé
quelque dommage de la part d'un
guerrier de ma tribu, qu'il parle,
je lui ferai rendre justice; si le
guerrier est d'une autre tribu, voici
Wahini et son tomahauk; qu'il

dise, et tous deux sauront le venger. » Le colon lui apprit le motif de son chagrin : Wahini réfléchit un instant. « Donnez-moi, reprit-il, un des derniers vêtements portés par l'enfant. » On lui remit un de ses bas, alors le sauvage le fit flairer à son chien, et, lui montrant la forêt, lui donna le signal du départ. Le chien parcourut la plantation, le nez contre terre, comme cherchant une piste ; puis il aboya et se mit en marche. Le sauvage, la mère, les gens de la plantation suivirent. Le chien était précisément dans la route parcourue par le colon et son fils ; il arriva au lieu où ils se séparèrent, prit sur la droite, et, après quatre heures de marche, s'enfonça dans un buisson et aboya de nouveau.

L'anxiété la plus vive s'empara des assistants; la mère et le père s'élancent, trouvent l'enfant encore vivant, mais en proie à l'agonie, par suite du long jeûne qu'il avait souffert. Après lui avoir fait prendre quelques gouttes d'un liquide fortifiant, on le plaça sur un brancard fabriqué à la hâte. Ramené à la plantation, des soins bien entendus le rendirent à la vie. Le bon chien auquel il devait son salut ne voulut plus depuis se séparer de lui.

Le Chien du boucher de Montélimart.

Voici un autre fait, qui démontre combien le chien a d'attachement pour le maître qui prend soin de lui. Un boucher de Montélimart, après avoir vendu des bes-

Le Chien du boucher de Montélimart.
(P. 54.)

tiaux, retournait à son domicile, porteur d'une somme de quinze cents francs. Arrivé sur le soir à Donzière, il entre dans une auberge, y prend un léger repas, et se dispose à poursuivre son chemin. L'aubergiste lui fait observer qu'il peut y avoir du danger à se trouver si tard, sur une route isolée; il n'en persiste pas moins dans sa résolution, et dit, en montrant le chien-dogue qui l'accompagnait : « Avec un tel compagnon, je n'ai rien à craindre. »

Trois individus, connus de l'aubergiste et du boucher, se trouvaient dans la maison : ils avaient tout entendu. Ils partent, munis des restes d'un gigot, prennent la traverse et s'embusquent sur la route. Deux se placent en avant, tandis que le troisième prend son poste un peu plus loin. Le boucher et le chien atteignent le lieu qui recèle ce dernier : le gigot est jeté sur la route. Le dogue, comme les brigands l'avaient prévu, s'arrête pour profiter de l'aubaine. Les deux autres assassins, voyant le succès de leur infernale ruse, tombent à l'improviste sur le boucher qu'ils frappent de plusieurs coups de couteau. Il tombe, baigné dans son sang, mais conserve assez de force pour appeler le chien. Celui-ci s'élance, furieux, sur un des voleurs, le saisit à la gorge, et l'étrangle; l'autre, plein d'effroi, monte sur un arbre. Le chien ne le perd pas de vue, il veille pendant plusieurs heures, épiant ce misérable qu'il aurait dévoré s'il eût mis pied à terre. Au point du jour, des passants trouvèrent les deux cadavres et le chien tenant le scélérat en arrêt sur son arbre; l'autorité avertie le fit conduire en prison.

Les Munitos.

Si j'écrivais l'histoire des chiens célèbres, ce serait le moment d'exalter la sagacité du fameux *Munito*, et d'autres chiens décorés du titre de *savants;* comme si les animaux pouvaient parvenir à la science, qui est le plus haut degré de la perfection, de l'intelligence humaine!

Faire lire des chiens, les montrer en public, jouant aux dames et aux dominos, distinguant les couleurs, n'est qu'un tour de charlatan destiné à en imposer aux ignorants. Le chien merveille qui exécute ces choses impossibles est tout simplement dressé à s'arrêter et à rapporter les objets que son maître lui désigne par un signal léger, tel par exemple que le bruit d'un cure-dent, ou un appel du pied, auquel les assistants ne font aucune attention. Ainsi, après avoir annoncé que le chien sait lire, et composera, avec des caractères imprimés, tous les mots qu'on lui demandera, son maître dit à un des assistants : « Prononcez un mot, mon chien va le composer sans commettre de fautes contre l'orthographe. » Aussitôt il répand sur le parquet des cartes dont chacune porte une lettre. Le badeau dit : *amitié*. « Cherche! » s'écrie le charlatan. Le chien passe devant toutes les cartes, et, dès qu'il est arrivé à l'*a*, le signal se fait entendre; l'animal ramasse la carte et la porte à son maître; le même jeu recommence jusqu'à ce que toutes les lettres du mot soient rassemblées. Alors tout le monde s'extasie, on loue l'intelligence du chien; on le comble de caresses, de sucre, de biscuits, etc.; le maître récolte de bonnes sommes, qui seraient plus utilement placées en les donnant à des hommes laborieux, mais pauvres. Mais en voici assez sur les chiens proprement dits; que l'on me permette quelques lignes sur les renards.

Les Renards.

Les renards se distinguent des chiens, par une queue longue et touffue, un museau pointu, des yeux organisés pour recueillir le peu de lumière disséminée dans l'espace, pendant la nuit. Plus faibles que les loups, ils n'attaquent que de petits animaux. Les renards n'ont pas l'instinct de société, ils ne chassent pas réunis en meutes; leurs expéditions sont solitaires; mais en compensation ils sont doués d'un instinct de ruse reconnu de tout temps. Dans l'état de nature, le renard se creuse des terriers sur la lisière des bois, à peu de distance des villages. Il est l'ennemi le plus dangereux des basses-cours. S'il découvre un lieu par lequel il puisse s'y introduire sans être la proie des chiens, il en profite, étrangle coqs et poules, suce leur sang, puis emporte les corps qu'il cache et met en réserve pour apaiser la faim future. C'est lorsqu'il est traqué par des chasseurs, que le renard met en jeu la finesse et la ruse. Il passe et repasse dix fois dans le même lieu pour mettre les chiens en défaut, en entrecroisant ses pistes ; il saute, pour que leur odorat perde la continuité de ses émanations. Après de longs détours, il revient à son terrier, où, s'il rencontre une retraite sûre, il s'y blottit. Les lapins de garenne, les œufs et les petits des cailles, des perdrix, des alouettes et autres oiseaux nichant à terre, les grenouilles, crapauds, lézards, serpents, insectes, les fruits mûrs même, et surtout les raisins, servent de pâture au renard. Quoique cet animal ait des griffes capables de fouiller la terre, souvent il aime mieux profiter du travail des autres que de se creuser une demeure. Ainsi, après avoir étranglé une famille de lapins, il en agrandit le clapier pour s'y loger, ou bien il dépose ses ordures à l'entrée du terrier d'un blaireau, car il sait que le possesseur en aura l'odorat tellement blessé, qu'il lui abandonnera la place.

La peau des renards est recherchée par les fourreurs, et surtout celle de l'isatis ou renard bleu des régions polaires.

Le Lion et le Tigre.

Parmi les différentes espèces de chats, les principales sont : le lion, le tigre, la panthère, le léopard, le jaguar, le couguard, le chat sauvage d'Europe, d'où viennent nos chats domestiques; et enfin le lynx ou chat dont les oreilles sont terminées par des pinceaux de poils.

Le lion est, avec le tigre, le plus grand et le plus puissant des chats. Le lion est remarquable par sa couleur fauve et la longue crinière qui orne le cou des mâles; il est originaire de l'Afrique et de l'Asie; sa voix produit un cri rauque nommé rugissement. Il y a peu d'animaux sur lesquels on ait

écrit autant de fables que sur le
lion. Les poètes l'ont nommé le
roi des animaux; ils lui ont attri-
bué dès lors des qualités toutes
royales : le courage, la grandeur
d'âme, la magnanimité. Un grand
homme, Buffon, dont le style est
admirable, mais qui était trop
enthousiaste, qui avait trop de
poésie dans l'âme pour écrire l'histoire naturelle, a répété ces fables
des anciens et les a accréditées. Le
lion n'est pas plus courageux que
les autres animaux. Celui qui vit
dans les déserts, loin de l'homme,
se défend lorsqu'il est attaqué,
parce que le sentiment de la conservation est inhérent à tous les
êtres; mais le lion qui s'est appro-
ché des habitations, qui a éprouvé
les effets puissants des armes

LES ANIMAUX SAVANTS.

Martin jouait avec un lion et un tigre.
(P. 49.)

du véritable roi des animaux, l'homme, devient lâche; il fuit à l'aspect même d'un enfant. On a vu plus d'une fois à la colonie du Cap des femmes, armées d'un simple bâton, poursuivre les lions rôdant autour des troupeaux.

Le lion se familiarise parfaitement en captivité; il s'attache à la personne qui le nourrit et prévient ses besoins. On a beaucoup admiré *Martin* (le possesseur d'une ménagerie, qui se donnait en spectacle), parce qu'il jouait avec un lion et un tigre; c'est un fait très ordinaire et qui n'étonne qu'en raison de nos préjugés déraisonnables. En Asie, on dresse des lions pour la chasse; les grands se font un amusement d'en avoir en liberté dans leur palais. Méhémet-

Ali, le bey d'Egypte, avait un lion qui le suivait partout et lui servait même de coussin : jamais cet animal n'a blessé qui que ce soit.

En parlant du tigre, je vais avoir encore bien des préjugés à détruire. La férocité de ce chat est si accréditée, qu'on dit d'un homme cruel : c'est un tigre. Buffon n'a pas peu contribué à enraciner cette opinion ; il représente le tigre comme un animal altéré de sang, mettant à mort sans nécessité, pour le seul plaisir de faire le mal ; ce qui est complètement faux. La férocité du tigre, c'est le besoin où il est de prendre de la nourriture, c'est son appétit : dès qu'il est repu, elle est apaisée : aucun animal n'a rien à en redouter. Le tigre habite l'Asie orientale ; il s'avance quelquefois assez loin vers le nord-est. Il est revêtu d'une brillante fourrure jaune rayée de noir, le ventre est blanc, également rayé, et la queue, noire à l'extrémité, est couverte d'anneaux alternativement fauves et noirs. Le tigre aime les lieux marécageux, couverts de bambous et de hautes herbes appelées jongles, dans l'Inde; il s'y tapit et guette sa proie sur laquelle il se jette d'un seul bond. De même que le lion, le tigre, en domesticité, s'attache à son maître. Nous avons vu, à la ménagerie du Muséum d'histoire naturelle de Paris, deux tigres, qui s'y sont succédé, se familiariser avec les gardiens au point que ceux-ci entraient dans leurs cages et jouaient avec eux. En Chine, on dresse les tigres à la chasse. Le voyageur Marco-Polo, a vu les souverains de la Tartarie chasser avec des meutes de tigres. On sait que, vu leur rareté, les Romains les apprivoisaient et les employaient à chasser des cerfs dans le cirque. L'empereur Héliogabale, dans une représentation du triomphe de Bacchus, parut sur un char traîné par deux tigres.

L'Eléphant.

L'éléphant est le plus grand des mammifères ; il est aussi, parmi les animaux, un de ceux qui ont le plus d'instinct, quoiqu'on ait fait à ce sujet des contes ridicules. Il y a deux espèces d'éléphant, celui de l'Inde et l'éléphant d'Afrique.

L'espèce de l'Inde est la plus grande; sa taille moyenne est de dix pieds : on rencontre quelquefois, mais ce sont des exceptions, des individus qui ont seize pieds de haut, l'éléphant indien a la tête volumineuse, le front large, les oreilles étroites. L'éléphant d'Afrique ne dépasse guère huit pieds de hauteur; sa tête est plus étroite que celle de l'espèce précédente; ses oreilles énormes recouvrent les épaules; le dos est aussi plus oblique que le dos de l'éléphant indien. Chez ces deux espèces d'animaux, le nez, que l'on appelle trompe, est long, souple, mobile dans tous les sens; il constitue un cinquième membre terminé par un prolongement en forme de doigt, qui saisit adroitement les objets les plus dé-

liés. Pour les prendre, l'éléphant
les soulève de terre en aspirant
fortement l'air par l'intérieur de sa
trompe; l'extrémité de cet organe
est aussi le siége d'un toucher très
délicat. La force de l'éléphant est
en raison de sa masse, c'est-à-dire
immense; aussi l'homme, dès la
plus haute antiquité, a–t-il su la
mettre à profit et l'employer soit
aux usages domestiques, soit à la
guerre contre ses ennemis.

L'éléphant se laisse, malgré sa
force, réduire en captivité, et s'y
habitue à exécuter les travaux
qu'on lui enseigne. Dans l'Inde, il
sert de monture, il traîne des fardeaux, cultive même la terre, à ce
qu'on prétend. Autrefois, dans les
combats, on le chargeait d'une
tour de bois remplie d'archers.

Aujourd'hui, dans l'Inde, on lui fait porter de petites pièces d'artillerie; on le conduit aussi à la chasse des bêtes féroces, portant sur le dos une grande caisse qui met le chasseur à l'abri des atteintes des lions et des tigres. Ces chasses sont fort dangereuses.

Les Eléphants acteurs.

On a vu aux Indes, dans l'arme anglaise, des éléphants aider les artilleurs à placer en batterie des pièces de canon, en pousser d'autres avec leur front par la culasse ou les remuer avec leur trompe; les frères Franconi ont eu à leur cirque des éléphants très instruits, figurant dans leurs pièces héroïques, où ils jouaient des rôles fort amusants. On a vu à Paris un éléphant danser sur la corde. Un autre au jardin des Plantes débouchait une bouteille pleine avec beaucoup d'adresse et en vidait le contenu d'un seul trait.

L'éléphant est essentiellement herbivore, son énorme estomac engloutit chaque jour des quantités prodigieuses de nourriture; cet animal aime le vin et les liqueurs fortes. En domesticité, il s'habitue à son maître et lui obéit docilement; mais il est sujet à des accès de fureur qui le rendent très dangereux.

Les éléphants sauvages vivent en troupes quelquefois nombreuses, dans les prairies naturelles, à portée des eaux où ils aiment à se plonger fréquemment.

LES ANIMAUX SAVANTS.

L'Éléphant dansant sur la corde. (P. 56.)

Le Cheval.

Le cheval, plus répandu que l'éléphant, et qui s'acclimate sous presque toutes les latitudes, est un des animaux qui rendent le plus de services à l'espèce humaine; mais ce n'est pas en domesticité seulement que le cheval est intéressant, les mœurs de ceux qui vivent libres et sauvages sont curieuses et dignes d'être connues.

Le cheval devenu domestique est originaire des plaines sablonneuses de la Haute-Asie. C'est là qu'on le trouve encore indépendant, c'est là aussi que l'homme, après l'avoir dompté, en a fait un de ses plus dociles serviteurs. Les hommes de la race scythique sont

les inventeurs de l'art de l'équita-
tion. Le cheval est un des animaux
les plus intéressants; ses formes
sont élégantes, sa force est prodi-
gieuse et son courage extrême,
ainsi que son attachement pour son
maître, dont il devient à la guerre
le compagnon et le défenseur. Les
frères Franconi à leur manége en
ont souvent dressé qui ont fait pendant longtemps la fortune de leur
théâtre par leur adresse peu ordinaire et leurs tours surprenants.

Le Cheval gastronome.

On en a vu un qui jouait surtout
une scène très plaisante; car, après
divers tours de force et d'agilité, il
se plaçait devant une table accroupi
sur ses pieds de derrière, une ser-

Le Cheval avait une serviette placée
son cou. (P. 63.)

viette placée à son cou, ses sabots de devant sur la table, et mangeant avec une grâce parfaite les mets de son goût qu'on avait posés devant lui. On l'appelait le *cheval gastronome.*

On désigne en Asie, sous le nom de tarpans, les chevaux sauvages. Habitués à supporter les intempéries des saisons, ils n'ont rien de l'élégance et du brillant de nos belles races domestiques ; mais en compensation ils possèdent une vigueur sans égale. Le cheval sauvage est petit, sa crinière est longue, hérissée. Le poil de sa robe est touffu et grossier ; il a la tête volumineuse, les oreilles longues, les membres épais. Les tarpans forment des troupes nombreuses qui reconnaissent un chef dont ils suivent tous les mouvements; c'est lui qui, par ses hennissements donne l'ordre du repos et de la marche, de l'attaque ou de la fuite. Dès qu'un lion, une panthère ou un tigre paraissent, la troupe forme un vaste cercle renfermant les poulains et les vieux chevaux·; chaque croupe est tournée au dehors du cercle, et des ruades vigoureusement et rapidement détachées accueillent l'ennemi. Dans l'Amérique du Sud, des chevaux de race andalouse, devenus libres dans les vastes plaines nommées Pampas, ont produit une nouvelle race sauvage. On désigne ces chevaux sous le nom d'Alzados; ils vivent par troupes composées quelquefois de plus de dix mille individus. Les Alzados sont redevenus aussi laids que le véritable cheval sauvage : presque tous sont noirs ou bai-bruns. Ils obéissent à un chef, et ont une tactique très régulière. Lorsqu'ils se mettent en marche, c'est en colonne serrée, à la tête de laquelle se trouve le chef; des chevaux qui marchent en éclaireurs précèdent toujours. Si des voyageurs à cheval paraissent à distance, le chef alzado pousse un cri; on voit aussitôt les éclaireurs s'approcher pour reconnaître les arrivants ; selon l'ordre du chef, la colonne se précipite au galop et passe à travers les voyageurs, invitant par des hennissements prolongés les chevaux domestiques à se mêler à eux et reprendre la liberté, ce qui arrive assez fréquemment; ou bien ils décrivent plusieurs cercles au galop avant de disparaître. Quelquefois ces chevaux s'approchent des habitations pour débaucher les chevaux privés et les emmener avec eux. Les alzados faits prisonniers s'apprivoisent en peu de jours, mais à la première occasion, ils ne manquent pas de prendre la fuite pour rentrer au désert.

Les Abeilles.

Dans une ruche on distingue trois genres d'abeilles : les mâles, une femelle, que l'on désigne sous le nom de reine, et des ouvrières qui sont des femelles mal développées, mais qui forment la majorité de la population de la demeure commune. Le but du travail de la

ruche est la conservation de l'espèce, et l'éducation des larves,
dont le miel est la nourriture,
ainsi que celle des mâles et des
ouvrières pendant les jours plu-
vieux et les froids de l'hiver. La
femelle est à elle seule la mère
des vingt-quatre à vingt-cinq mille
abeilles qui naissent chaque année
dans la ruche. La seule occupation
de cette mère de famille est la
ponte des œufs; les autres mouches se chargent de pourvoir à sa
subsistance et à tous ses besoins.
Les mâles sont peu nombreux;
un massacre annuel les maintient
toujours en petite quantité, et
débarrasse la ruche de ces con-
sommateurs qui ne travaillent
jamais. Les ouvrières exécutent le
massacre en perçant les mâles de

l'aiguillon dont elles sont armées.
Cet aiguillon est placé dans l'abdo-
men, dont il peut sortir à volonté;
il est aigu, creux, et sert de conduit
à une liqueur âcre, décrétée par
une glande, qui produit l'irritation
et la douleur occasionnées par la
piqûre des abeilles.

Si l'on examine l'intérieur d'une
ruche, on y trouve plusieurs éta-
ges de cellules formées de cire,
dont les unes contiennent du miel
pur, les autres un ver ou une
nymphe. Ce sont les abeilles qui
ont construit les cellules et les ont
approvisionnées. La cire est le
produit d'un organe particulier
placé sous les anneaux de l'ab-
domen des ouvrières. Le miel est
récolté par les mêmes mouches
dans la campagne sur les fleurs;

elles l'avalent, puis, rentrées à la ruche, elles le dégorgent dans les cellules de réserve.

Les alvéoles ou cellules de cire se tiennent ensemble à chaque étage ; c'est pourquoi on nomme gâteau la masse de leur réunion. Chaque cellule est une cavité à six faces, ou hexagone, parfaitement régulière. L'ouvrage de construction se fait en commun et avec le plus bel accord ; les fondements destinés à lier l'édifice aux parois de la ruche sont faits avec du propolis, sorte de gomme récoltée sur les bourgeons des arbres, et les rameaux de plusieurs végétaux. On reconnaît dans chaque ruche trois espèces de cellules, de petites, placées horizontalement, destinées aux larves d'ouvrières ; de moyen-

nes pour les mâles, et de grandes
construites verticalement, au nombre de seize à vingt, qui reçoivent
les larves des femelles. Dès que
les cellules sont achevées, la
femelle pond un œuf dans chacune
d'elles. Pendant la ponte, plusieurs
ouvrières accompagnent la mère
commune de la colonie; elles lui
prodiguent leurs soins, la frottent,
lui dégorgent du miel pour qu'elle
restaure ses forces. Des ouvrières,
faisant fonctions de nourrices,
prennent soin des larves qui naissent trois jours après la ponte; à
différentes heures du jour, elles
apportent au nouveau-né une sorte
de bouillie dont la composition
varie selon l'âge du nourrisson :
sa base est le pollen des fleurs
mêlé à du miel. Dans les cinq

jours qui suivent la naissance, la
larve a grossi et changé plusieurs
fois de peau. A cette époque, les
nourrices bouchent avec un cou-
vercle de cire l'ouverture de la
cellule; la larve, dont la forme est
celle d'un ver, file en trente-six
heures une coque de soie, et trois
jours après passe à l'état de nymphe. Sept jours et demi après cette
transformation, la peau de la
nymphe se fend et il en sort une
mouche à miel parfaite. Aussitôt
qu'elle est née, les nourrices la
lèchent, la nettoient, lui présen-
tent du miel, puis elle-même court
au travail. Dès qu'une femelle est
née, une partie des abeilles se dispose à émigrer avec l'ancienne
mère, car la ruche ne pourrait con-
tenir la population à laquelle cette

nouvelle femelle donnera le jour. Pendant les nuits qui précèdent l'émigration, un bourdonnement continuel se fait entendre dans l'habitation. Plusieurs milliers d'abeilles se groupent à l'entrée de la ruche; enfin, par un temps chaud et un ciel pur, l'essaim part, suivant la femelle qu'il s'est choisie.

FIN.

Limoges. — Imp. E. ARDANT et Cⁱᵉ.

www.ingramcontent.com/pod-product-compliance
Lightning Source LLC
Chambersburg PA
CBHW060803180626
46818CB00002B/678